我會學著　讓恐懼報數

王姿雯

名家推薦

〈情事〉榮獲第九屆林榮三文學獎首獎

以新印象畫派點畫手法，點狀分布文字的三原色，允其自行融合在觀者眼中，充分掌握詩的留白、掩映之美。

——陳育虹

這是一首非常美麗的情詩。特別是寫情色方面，很有獨創性。手法很厲害。主要的好處是用字準確，因此情感如此節制，含蓄，飽滿，卻不流俗，是高度技巧才能營造出的情境。

——焦桐

〈柬埔寨〉榮獲第一屆葉紅女性詩獎首獎

用筆安靜，意境的聯想與對比皆極高明，對歷史的悲憐之情因而皆有絕佳的切入點，行家亦未必可臻於此。

——南方朔

目次

輯二、憂鬱之秋

輯三、邊緣之冬

輯四、徘徊之春

【推薦序】

節氣如詩

陳芳明

女性詩的版圖，大約在一九八〇年代就已經確立下來，從此年輕世代的傑出寫手輩出。這些新的創作者所開展出來的格局，已經與現代主義時期的詩風截然不同。在那封閉的年代，詩行之間總是隱藏了過多的壓抑與憂鬱。他們的遣詞用字可以說到了斤斤計較的地步，他們有太多釋放不出的痛苦，卻又希望被讀者看見。其中最典型的代表莫過於商禽，他一方面控訴封閉的時代，一方面又強烈表達急切的思鄉情緒。他所動用的意象，隱藏了過剩的不滿，而且也要躲避當權者的檢查。進入一九八〇年代以後，尤其跨越了戒嚴時期，許多被壓縮的心靈都獲得鬆綁。因此詩人逐漸捨棄緊繃的語言，而慢慢讓真實的感覺從容流淌出來。那是一次重大的語言變革，每個年輕心靈的膽識也從此更加篤定。過去女性詩人的作品總是被定位為抒情而婉約，如今她們的創作手法幾乎都是以跨界的方式，來表達真實感覺。

二〇一三年，王姿雯獲得《自由時報》文學獎的新詩首獎。在頒獎的場合，第一次與她相見。她後來許多作品，大多選擇在這份報紙副刊發表。那次得到首獎的作品〈情事〉，完全以農曆的節氣來區隔，包括立夏、芒種、秋分、立冬。但是整個時間節奏卻又不必然在暗示四季循環，畢竟立夏與芒種之間距離相當接近，而秋分與立冬之間也是非常接近。但無論如何，這種時間感就是她的節奏感。詩人似乎對於每首短詩的最後一行相當珍視，在結束之際往往有神來之筆。她所牽動的感情，總是借用自然景物來反襯。例如「芒種」，她幾乎是把外在的自然世界與自己的身體銜接起來：

那麼來破碎我
凝視我當我凝視山在
進逼，逼我成河
決定我，決定流向

閱讀這幾行時，隱約可以感覺她說話的對象是一位情人。短短幾行就使用了一些跨句，從「破碎我」到「凝視我」，可以看出說話者處於被動的位置。她被破碎、被凝視、被進逼、被決定，這樣的感情充滿了太多心甘情願，也有太多的期許與承諾。其中的神來之筆，莫過於「逼我成河」，而這道河流的流向，則是被她的對象所決定。這裡面並沒有出現任何衝突或對決，而是一種馴服與順從。詩的結束頗令人喜歡，一如詩行所展現的：

我伸出手
抓住一串金黃聲響，一條蛇順勢
潛入河床深處
這創世的畫面幾近滿溢
一些神酸乏，另一些神飽饜
種子在充滿香氣的幽深中爆裂
我已完成

這彷彿是強烈的性暗示，卻又是相當幽微的抒情。整首詩的起承轉合，似乎在描述一場愛情的完成，而這正是詩人在想像時最動人之處。若即若離的推演，似乎可以撫觸女性的幽微感情。為了說得更明白，卻在詩行之間敷上一層朦朧之美。最重要的兩行便是在結束時發生爆裂，整首詩便戛然而止。當她宣示「我已完成」，簡直是恰到好處。女性身體就是大自然無可分割的一部分，因此那種時間的節奏感，正好可以使用農曆的二十四個節氣來區隔。一首詩的完成，無非就是一場愛情的完成。

這部作品不純然是情詩集，其中頗令人矚目的一首莫過於〈2047〉。這首詩顯然是看完王家衛所導演的電影《2046》，詩人似乎有感而發。對香港人而言，二〇四六年就是北京對香港承諾「五十年不變」的最後一年。那是一種命運的考驗，也是整個生活方式的徹底改變。王姿雯在看完電影後，終於完成稍具政治寓言的這首詩。這個年分顯然不是一部電影就能夠概括，但是這個數字卻像魔咒那樣，震懾著許多人的心靈。即使未曾生活在香港，卻也能夠體會跨過那年之後，許多人的命運都將被改變。而這種充滿寓言的命運，似乎也可以解釋世間的許多愛情生活。詩人在寫這首詩時，企圖再現那部電影的某些意義。而落在讀者的眼中，這首詩又產生另外一種意義。詩所帶來的想像，已經超越創作者能夠掌控的範圍。整首詩的第一節是如此展開：

是以什麼為分水嶺？
我試圖想像，一座早春的山
有些微雨的動機
蕨類在一旁安靜地，在你腳邊
安靜地，看著如宿命一般
持續耗損的海

開頭第一行，詩人自問「是以什麼為分水嶺」。這是單刀直入的提問法，卻也開啟了繁複的想像。整首詩壓縮了許多複雜的感覺，也濃縮了太多無法定義的感情。這一節最後三行以蕨類的意象，來描述一種見證。尤其她鋪陳了這兩行「安靜地，看著如宿命一般／持續耗損的海」，讀者不能不投注在「宿命」與「耗損」這兩個關鍵字。開闊的海域簡直無法定義，只有詩人具備了能力拈出那樣的宿命、那樣的耗損。這裡指的是愛情或是政治，似乎都可以成立。詩人掌握了伸縮性特別強的意象，整首詩的政治張力便浮現出來。如果不指向政治的話，也可以是一種愛情的描述。這也正是最動人之處，容許讀者永遠處在一個依違的狀態。如果說是矛盾的感情或是兩難的選擇，也都可以成立。

一隻青鳥在籠裡
黯淡了一個小鎮，我們靜止
並已老去百年，冷雨落下
下成一個謎

這也是充滿了政治暗示，卻又可以解讀為愛情象徵。畢竟在許多詩人的作品裡，青鳥往往暗示著愛情。而這樣的愛情竟然黯淡了一個小鎮，並且老去百年。這是一首帶刺的政治詩，也是相當迷人的頹廢情詩。站在時間的分水嶺，斷然區隔了過去與現在。尤其詩的最後說：「我們終究迷途於／不同國度，而那不可知的什麼／依舊催促著一場又一場／微小且浩大的死亡」。詩的力量有多大，可以以如此乾淨俐落的文字，描述一場重大的政治事件。而這首詩也可以非常渺小，可以縮小到像愛情那樣的短暫、那樣的長久。

整部詩集分為四輯：躁鬱之夏、憂鬱之秋、邊緣之冬、徘徊之春。這種命名的方式，正好可以顯示詩人內心的起承轉合。這部作品之所以令人偏愛，就在於詩人往往在每首詩的最後，有一個令人眼亮的結束。例如那首〈PTSD〉，指的是創傷症候群。最後的四行「終於有人說了一個新詞／他們在那個詞下安睡／若是醒來時世界可再被描述／就不怕短暫死去」。所謂新詞，就是一種命名的方式。每個人的心理情境，總是無法找到安頓。但是如果有一個恰當的安慰話語，就可能使聽者心安。這是多麼動人的詩句，詩人本來就是這個世界的命名者。王姿雯在混亂的秩序中，總是可以找到恰當的字句，來定義各種不同的心情。只要她寫出來，世界秩序就得到安頓。自她得獎以來，只要在報紙副刊發現她的作品，自然而然就會仔細捧讀。當她以節氣來為詩集命名時，似乎整個世界就找到一定的節奏、一定的秩序。

二〇一八年十一月十二日於政大台文所

輯一、躁鬱之夏

我所謂的生活

我多盼望能以貓步向前　向前
向所有漸暖的季節
海在我身體中我的根
在雲裡

我總是想像我能遊蕩
如一尾偏執逆流的魚
耽溺於遠方的光

曾經我告訴同年紀的
幼童我以為我確信
我將沒有死亡

而今我識得死亡
它教了我生

而今我在生活中
四季的齒輪發出規律之聲
碾踏而過
我如家貓般被時光餵養
如魚呼吸在魚塭中
萬事溫和，如昨日夢想國度

然後，我的心裡
開始長出一個異鄉

在金黃色的地方

在金黃色的地方一切發生
瞬即轉生而去
熱風吹過後記憶鬆動
那不可被告知的是火焰
自層層疊疊安置死滅
肉身為核的寶塔上竄出
時值旱季
惟昭批耶河仍貪婪索討
業的獻祭

饕餮趁空氣薰開時入夢
人們醒時就盲著眼
盲著眼不斷前奔
街上盡是香茅與豆蔻的喃喃低語
他們說，他們說，往破曉之處去
在金黃色的地方，一切皆發生

整脊

雖我尚未落土腐壞
你雙手仍循徑
綿綿直抵我最深肌裡
搬弄幾段祕密
豹與蜂鳥自骨節中躍出
臣服於你，叢林蔭滿
自血開始臣服
眼睛成為眼睛
脊椎綿延如覓海長河

雙手張開，坦承一切
為人悲哀
想起有尾巴的年代
風拍打樹葉於體內
骨盆端正於林中心處
數千萬種平靜匯集
數千萬種生命奔出

頸後

挽起亂髮，原來
是一片雪景與鈴蟲的牽連
豐厚住胸懷
冬宅住民，所識之美都是火
寸步緩移，求索一瞬紅燙
為此，收緊自由，以免喜愛
過於喜愛
焚燒時香氣如笛，煙升起
再沒有毀壞

只這一片衣襬，掀露於世
我所有最美的混亂
以白淨包裹
以繩結為證
人間裝扮，無非僅為
新綠時走訪青苔，細碎死生
起伏隱沒，肋骨內抽長
求雨的紫陽
星星火火，大悲大喜

就這樣信了蟬鳴與川流
走入靜止的漩渦

在逐漸弱小的過程裡
聽見雷雨射進水中
一種雲的死法，為美墮落
跪坐默寫永劫不復
永劫不復
不復

前往加勒比海

妳用一朵紅玫瑰撞開我門
無伴奏的昏睡結束
夜鶯之聲劃過，一道絕美
明亮，妳用玫瑰之刺輕輕
扎醒安逸，牽起我帶血的手
我們永遠離開
甜美的夢，午後的小憩
妳牽著我，我的手是一朵血紅玫瑰

我的雙腳諦聽月光咆哮
褪去所有保暖衣裳，初生的夜將我穿上
曇花織就我耳畔髮辮，「隨我」

妳站在渡口畔，解一葉小舟
出海，在出生日的暴雨中
黑基督凝視火焰
我聽見夜鶯像聽見
一座島，當我們離岸
更遠些，孤獨又嗜風的內海上
升起祭壇
妳說不要害怕，妳說：「我是」
「妳的命運」

大暑

一大早的，你自我的肩胛骨抽出
一株倔強的樹
綠葉朝天際碰觸，而我說
我害怕，這樣未知出處
風起雲湧的蟬鳴，這樣嘹亮
呼吸的狂喜
是否關乎一股
墜落的力量
蓮霧碎裂於地，香氣奔逃

星球斜傾向遙遠的炙熱的
毀滅性的光
不過是夏天而已，你說
還能象徵什麼，如骨盆一般
無限深邃的源頭
不過是新生的擾動
如幼童後腦明晰的髮旋
旋入時間，於是乎
永生的錯覺。
果實膨脹、血液升至樹端
星體出現又消失。而我說
我害怕
我想奔跑、我想墜落
當蟬聲大作

媚俗

活下來後
一切都是腥臭的
愛人折騰於汗液滴落
在雨掠過的縫隙
他一手扶著點滴，一手伸向
加州旅館深處
穴居的結石記住所有甜鹹
肉體軟嫩，其實從無矜持
在每個空出的房間

有不同濃度的血
製造不同個性的嬰孩
他們索求奶與蜜
感染與體液
有些孕期熬過夏天
爬向另一個酷暑
第一年長出肌骨，第二年
有手掌緊握，摹擬禱告
第三年等候第四年
代謝所有胎毛。那些過輕的
如角質剝落；過重的
凝為鐘響。命運一直都在
那些不見天日之處
大聲地廣播

Without You I'm Nothing

雨已經落下　季節已經落下
妳在彼方
被落葉打穿了身體
我倒下
變成一條柏油的街
甚至失去了耳朵

聽不見妳幽微的啜泣
夜捲來　日捲來

不過是密度極高的噪音
造就這城
而我僅是一條柏油的街
僅能仰望

妳在光年外炙熱的雙眼
我曾願一生追尋
在正午時分　走向灼亮的光
吻一頭暴烈的獸
當時我們也不快樂但至少
沒有恐懼

而今我在堅固的城內緩緩冷卻

目擊溫度的流失而瑟瑟發抖
妳說：
我沒有聽見。

夜行列車

我在那個城市留下的行李是
白日、高壓電線、千座佛
數萬種言語及塔
當河流半閉起眼
我乖順離開

列車等我許久，沉穩
彷若一截截家鄉
靜候不得不的遷徙

自北至南，我想
或是自南至北，總之
是抵達前及出發後
像要將荒蕪死命注滿那樣一種
自由的奔跑

車開了拾荒的人們扛著一袋袋
黃昏，目送熱帶漂流者
我拽入夜，但不入睡
我想看時間緩速時
展現的那片星圖，是否
混亂詭譎但有我要的
那種永恆夏季般的燦爛

我不入睡

而每個停靠站都陌生，前進
之證據薄弱，或者
這是一段下沉的旅程
否則我的思考怎會沉重
如待落水的錨
而尚未成型的夢將鐵軌
吞沒，鄉愁的海
最大的恨與最大的愛

沒有任何乘客會擔心日出
延遲，僅焦慮抵達

之後的方向，當你清醒並浮出水面
是否會注意到窗外
一隻死去的鼠，一個草中安睡的人
並感到關於著陸
最大的恐慌

失蹤

我試著尋找生活
以外或者存在的闊葉樹林
五月的豔陽曬透後忽然
警醒的虎群
一些巨大的聲響自心底傳出
我口乾舌燥
我不在這裡
或是隧道的另一端

另一場時間
電扶梯靜止不動，但我
我試著前往

深夜中緩緩運轉的摩天輪
我要到那裡，抬頭
將臉埋入木星的光環之中
塵歸塵，光歸於音樂
那麼原來宇宙醒著
在那片或者存在的闊葉林中。

夏天充滿了小說，而秋天是詩

整個季節我們不斷地熱醒
一個夢攪和著下一個夢
破曉時聞到一股鹽巴味
卻已分不清是肉體或者
那片夢中的海

別讓那片海洋說話　她必須
沉默　必須釋放我們所需
所有高溫的語言

在逐漸沸騰的大氣裡
我們披著光關掉一盞接一盞的燈
「清醒不是絕對必要的」
我們微笑地對彼此說

於是每個夜潮水送來一個又一個故事
我們聽著並自己書寫
於是夏天充滿了小說
而最後未完成的　留到秋天
成為詩

榲桲

默默地就學上一個危險動作
在瀑布的邊緣站定，拿出一冊
青春，開始倒述

多是些夏天的事
水氣反射陽光，鬆動的樹根
連翻滾落的果實
當時整個世界
涉事未深，鳥群亟欲下墜

土壤裡的少女正等待
第一次深深的明亮的呼吸

懸崖抽長，雨下了三千日
水的意志是奔赴，自靜態
逃離，朝向巨大的聲響
少女在跳舞，甜美的年華踏進
再踏進，貝殼留在某片地層裡
於是在踩空前收入書冊

麥士蒂索男孩

寫完一首黯淡長詩後，隔晨
我遇見你，你與你
悶濕而疲憊的族人
載著大聲的夢出門，像沼澤中
初醒的蛇，漫肆梭行
你的眼神是無法落地的雨，引人
揣度，半島、高原、或者海灣
一座高樓旁的漁村，你的姓氏
或可垂釣你的一生

我知道你記得，即使數百年
已是數百年，雨季總還潛伏
一股滅城氣味，在許多夜許多
夜的狂歡過後，你瞥見鸛鳥成群
凝望海盜上岸，那是恐懼
成形的方向，你再也沒有忘記

迎海的城終被它的子民
親手焚燒，火影中留下一顆
黃金之心，最後的信仰，你懷抱著
向內陸遷徙，你的身後
是一片壯麗的廢墟

青苔靜靜蔓延，已是數百年
數百年後的雨季，當我遇見你
凝望鸛鳥成群的方向
我忽然又想
寫下一首長詩

巧克力午夜

宛若一隻黑貓，子夜輕足
走熄這城燭火，與所有晚霞色調
耳語呢喃。僅存
神的諦聽，當此時所有甜美記憶
明亮起來，必須微笑當
遠方的教堂在每個六時打起了鐘
窗外即是海，海面上船隻列隊
等候，水手們陷入酣睡
一張生命的側臉

在正午的陽光下

宛若一個部落小女孩快步
追上我的掌心，一段叮叮噹噹
放晴的路程
水花濺起，河面是急速的雨停
歌聲，濕淋淋奔來的是
一道形狀美好的虹
夕陽的話語是歡欣的踢踏
該跳舞了
紅酒，長髮，淺香
百香果滋味的廣場
在生命的這一面側臉，午夜

嚐起來是巧克力般濃甜
耶穌的臉漆黑曼暖，我諦聽
神的發生，當一群善良的人
對我說話

在雨林中

你閉過眼，一種大陸型的憂傷
逼近部落，那僅僅一條通向外界的河
驀地噤聲，雨雲匯集
匯集於禿鷹上空，黑暗盤旋
紅土地上是隱去的腳印
刺青的男子盤著腿，他注視我
且命我雕刻記憶，像印地安人將肌膚
化為樹皮，像印地安人讓血脈
奔流於棕櫚樹內

在紅土地上的腳印都隱去
之前，刻一隻蜂鳥予你，你雖
閉眼而去但應仍聽得雨中
華麗而奮不顧身的振翅，整座
熱帶是臨向死亡的高速飛行，而愛
愛與乖張，是自原初第一場滂沱後
雨林唯一懂的事，所以請
緩步，讓我引你進心之深處
柔軟的泥濘上，蟻群正在搬動
翠綠色小小的生
讓我引你，若你可以，循河

引渡光的方向，方才那場傾盆
過後，水鳥換了一身羽色，斑斕
並赤裸的孩童們在巨大的樹根上跳舞
讓我引你，若你可以，循草香
到酣睡中的茅草亭，我們到那
雕刻下一個雨季
需要的詩歌、記憶與姓氏

是的，下一個雨季，你問
你閉過眼，指著沒有防備的部落，他們
對遠去的雲吹天真的笛，在新生的四肢上
畫率性的圖騰，闊葉樹片上
端起一道道雨後的盛宴，如此

你何妨，讓我用清水與丁香葉
為你拭手，以熱帶之於愛
特有的虔誠姿態，讓我為你點一滴
古老光線下醞釀而生的花露，如此
你是否願睜開眼，河水醒了而我想
讓你看看，屬於赤道，最堅定的信仰

Long Play

總在天未明時你醒轉
微光中我於夢裡見著
你依稀是在繼續，繼續少年
少年啟程，星月不怠
一場奧德賽

彼時我在希臘島間漂漂蕩蕩
採摘光束，而你行走於無人荒坡
收集星體間對望沉默

白日你藏於樹杪，飲水為鹿
夜臨你就開口，說鷹的語言
待月光聽見，你於是振翅
翔入古國，以及暗處
更為遙遠低沉音域

當我拉開窗簾，整列高音
你是隱去的月，你是眼睛
我看見你攜回的城
那些石柱是我夢裡的樹
那座面北橋下
你黝黑的手臂圈養記憶

這許多年，我們各自睡睡
醒醒，不過隔著
一片安靜的湖
我在夏季行舟，你於
冬季滑冰，共有的僅只是
水的紋路
而我的詩依舊少年
你歸來的頸項蔓然

六月雪

這場持久而強大的雪並不讓人感到寒冷
只覺寂寞
雪地柔軟但虛無，於是再不見
赤腳的人
於熱氣上奔跑，誓死捍衛夏天

這些年節氣已變，六月無聲
留著一大片白
供雪花指涉晴朗

夜明亮，有足跡低語
然後被輕輕覆上
那是幽靈的行走
那是他們僅剩的存在
在一個整潔龐大
雪之國度

早逝的血緩緩暈散開來
信仰與青春皆躺下
二十五年碾過
消音似的平靜無邊飄落
雪景安逸，如此美麗

只要可以別過頭不看
那群孑然之人
不感受，一整代隱隱作痛的傷口
一整代蜂擁而去，被定格的炙熱。

雌雄同體

恰巧都來到黑夜，耳廓如月
碎星落於鎖骨中央
你的聲音在宇宙中升起一座山脈
如我背脊沾黏於盛夏
水出現於空無，光速涓涓
自後頸蜿蜒而下是一組
隱匿的星系

追隨唇型，我聽見軌道乍現

脫逃於任何帶命名企圖之觀測
自肩胛骨開展的強悍結束於指尖
一抹無重力
朝夜色吹氣，按彼此形象
造兩個天使
所有最不成器處飄升為翅膀的華麗

現在我們安心於世界的第八日
在新的引力中翻滾嬉鬧
恆星升起於胸腔，第一道日出
你決定著雨，我決定口述
一切飛濺的香氣
眼神越過髮梢時最長的七月展開

陽光疊向六尺深
在極大值的黑暗中你我的黑暗無比溫潤

輯二、憂鬱之秋

入秋

九月，有隻認識的貓死了
我曾和她
說過幾回話
在摩托車坐墊上，她舔了舔手說
當藝術家，被希望控制
是件絕望的事

八月，想成為死者
在退溫的夜間馬路上

躺下聽履帶聲
歷史要開來了，歷史會將生活
輾成碎碎的
不曾年輕的你，活成了幽靈
不曾年老的你，死成一個堂堂正正的人

即便日落在提早
來不及提前下車的人
逕直駛入黑暗
我會學著讓恐懼報數
在最空虛的一片土地
鑿一口深深的井
往井裡喊你
七月的名字

We Happy Few

那些可愛的可愛的
戰場裡我們長大
以一種傷兵的姿態

總是在恐慌的恐慌的
遊樂場裡我們遇見
人潮中一同仰望
心中的和平蹲坐於摩天輪中
永遠地不降落

那麼就只好永遠地遊戲
傷口是一種與眾不同的玩具
讓我們一起開心玩耍
彼此的憂鬱

寶貝

寶貝，我想和你說
那些淚水
不是為了讓世界
模糊成一首詩

哭泣是行將枯萎的百合
顫抖身軀祈雨的方式

寶貝，你來聽聽

黑暗中我的心跳
比誰都有力

如墓地旁長出的青草
被死亡所挑中
卻選擇了生

寶貝，你老是看不見
我所書寫的
那道幽微
並非暮色而是
破曉之光

指甲油

首先是要沐浴
一身乾淨
盤起髮絲
清理桌面
默想一種情緒的顏色
試塗果凍般的快樂
或細粉般的平靜
或深邃的憂鬱
拋光磨亮我的肉體

最能再生之處
左右手互相
表達愛意
一層
兩層
從一數到十　深呼吸
她說　每次想到那個人
就買一罐指甲油

處暑

蟬掉落樹幹，憂鬱
將我剝離當下
在霧升起時走近寺廟
有濕熱的信徒
有蛛絲落於天女
夏天活了很久，六億七千五百萬年
尚未能臨近死亡
此處聲音僅存耳鳴，死去的蟬
作響於我腦中未明空洞

想長出蹼，想接住
不斷摔回的未來
被推開的業，偶爾躡足挨近
橙黃色月亮隱隱施壓
未成佛者抱住膝蓋，嬰兒式
黃昏沒有敵意
也不說多餘的話
夜來了，就把力量交出
我們不都自漆黑出生。

白露

把重要的東西
留在古老的地方
照著規定生長、抽高
偶爾假寐
被誤以為死去
甦醒時的眼角
被誤以為哀傷
綻放到這樣境地
虔誠也似無情無義

人們雖然什麼也沒說
卻視我如幻影
因為我送走了
最重要的東西。

城

關上燈，出海
我們就看見那城
百千萬棟樓，上上下下等著
百千萬個黃昏，鐵鏽般的黃昏
積在一半店招，一半
想望與悶濕朦朦朧朧
遮住的天際線上
居民總是飢餓的
吃下太多夜景後

到了白日依舊想起
所有的餓，這時他們就
搭上雙層巴士，吞幾顆
百憂解，總是會留著力氣
按下電梯裡的26號按鈕
往高處去，即使
離海遠些

即使，那是個有水手的城市
深藍色制服彎腰鬆開纜繩
海豚在海洋公園裡跳起
即使，偶爾有鹹味於車流中飄忽
每個疾走的人都會告訴你

海不載我們去哪裡
甚至不載我們離開這城

小氣球

小氣球躲在沙發後面
小氣球不想被找到
「把我藏好」小氣球說：
「讓你的客廳看起來安然無恙」
「這樣，你就可以讓客人進來」
「陪你談談，一些重要事情，比如像：」
「天氣」
小氣球飄不太動，小氣球看起來
很重

於是我打開門，一陣晴朗的風吹來
一段無心的花刺
找到了小氣球
而我最後看到的景色來自
離我越來越遠的天空
今天天氣很好。

一天

我把我的貓從床底拖出來
刷牙
她對於自己，沒想得太多
皮毛長度剛好
智力剛好，憂鬱剛好
至於快樂
並不算一種情緒，她說
我抱著她，彼此舔毛
又是一天

小塑膠袋裡的小圓麵包
不追求太多味道
很安全
有傷口時
不洗澡、不吃黑色
把自己放著
放著放著
就透光了

水上芭蕾

需要兩倍的時間
練習捨棄呼吸
視界朦朧後，我即端正美麗
直直沉淪
氯的氣味像治療中的瘋狂
我的膏肓病而有力
雙腿指向生
頭顱點向死
瘀血散開，彼岸花一般

在與另一個自己
平行的寂寞裡
做最嚴肅放蕩的伸展
聽見掌聲，燦笑沒入
另一段更美更久的
屏息

乾燥花

某個秋天的午後，我將夢想
拿到太陽下晾了晾
然後夾到書裡，做乾燥花
那頁有這樣一個句子：
「每兩週，
就有一種語言死亡」
那些屍體或許
落在某個完美的海，化為人魚
泡沫般一族

不會香，也沒有腥味
沒有人會經過　沒有人讀見
書被放回原位
我把自己放回原位
天花板落下
壓我至適合現實的薄度

中秋

風的氣味變了
曾是雪地的沙漠、昆蟲屍體
一日兩班火車
我有力氣
在安靜的地方安靜
陪著灰色的親戚
孩子們都早熟
貼心、嗜睡

不愛笑
但很美
喜歡樹的時間
喜歡慢慢認識
一顆果實

哀傷大起來的時候
我們就躲到這個季節
深深跌下
飽滿地跌下
未來與過去都陸續安靜
讓月亮響著

在平原上的日子

漸漸地就不再辯論
學那些獅子，在動物園裡
溫柔地相愛
閉起眼，偶有夢話
虔誠而膽小
快樂皆是舊的
憂鬱也是
常常過於安靜，渴望聲響
卡滋卡滋、卡滋卡滋

夢見被吃掉
沒有盡頭的土地
有時會誤以為是海
每棟房子都是錨
每個人都不確定
是否仍在呼吸

巴拿馬旅館

地址大約是在離那座哥德式教堂95個
十字架遠的街口，穿過
幾座賭場，幾間廢棄的婚紗店
在梵谷未曾造訪的梵谷餐廳樓上，我在
那裡進入時間，我在
未來的面前拉上兩道鎖，然後赤腳
於十層樓高的地面上
行走，或者偶爾漫舞，等憂鬱
等憂鬱悠長，如一段爬行中的四重奏

輕嗞我的腳尖，而金黃色的沙發
深陷，我被捲入
意識的蛇腹中，內臟
掏空後的熱帶叢林裡蝶群飛出
充滿房間，窗外閃過無聲的雷
而我一想念，就偏頭望見禿鷹
盤旋死亡，「瑪麗亞、瑪麗亞」
門外，一個麥士蒂索人向午後三點
靜謐的巴拿馬旅館深處喊著

後現代

為了寫詩她拚命讓自己
感到單薄
不相干的營生裡透出
不相干的惡
想到這裡她又出手
捏死幾隻螞蟻
螞蟻是最前進時代裡
最嚴重的存在問題
「關於濾過性病毒與模仿犯的根本防治」

這是第一行
社會關懷型隱喻
島的命題，她抽起想像中的菸
在於抒情傳統的依賴
「全年濕度過高」
秋天客觀，因此短暫
貓看著欒樹彆扭地變色
她看著貓
水晶體裡的一切
「我們曾經為了什麼發明語言？」

生日

湖是危險的
水在那邊靜止。雨也
留了下來
時間發出聲響
驚動一隻剛羽化的蝶
找不到出口的人
看水鳥遊戲

也沒有誰想說什麼

萍蓬、落羽松、剛死的夏天
在十月出生，我自小懂得
唯有光得以離開
眼睛進入山
耳朵進入風
我很好，還在學習呼吸
自隧道出來後
一直無所事事

霜降

滅了，那最後一點
蟬鳴星火
在田地深處，最安靜的根
默默肥大成最圓滿的
孤寂
當你再度舉步，注意腳邊
濕答答的無聲
不會再有
什麼

清脆地
摔落

塵埃緩緩，生與死
緩緩
將髮束解開，新寡的姿態
落葉被集中起來
丈夫被集中起來
霧裡有手，劃開
一道偽裝取暖的殺意
有些人宣稱在有些時節
必須以燒毀整座村莊
來得到火光

越安靜的根越向
更冷的地方抽長
新的屋子裡新的孩子
戴著腳鐐出生
學說一種噤語
留在這緩緩
緩緩結束的國度

輯三、邊緣之冬

在寒冷之處

在寒冷之處記憶傾向成為悲劇
草木與風彼此殺戮
公車開過，行人們穿起大衣
大衣上披濺著血
低矮的公寓是無數張麻木的臉
臉後面戴著面具
那些嘴唇偶爾說話
但是天不過更灰一些
所有零碎的嘈雜的語言

不過是繼續掐死一道安靜的光束
像冬天又默默延伸一日
死者與未死者在街上瘋狂奔竄
發現自己活著，以奴隸的身分
愛戴著生活的暴君

PTSD

洪水離開後
他們亢奮如泥灘漫溢
原來有因果
攀附於樹根並蛇行
於浮腫發白的腳脛
肥大灰暗是雲，雲是罪
下墜搜捕祭品
這時他們學會算數
五個會動四個不會

那四個在他們胸膛鑿洞
那疼又暖又重
一種全新的飢餓傳染開來
且無法以捕獵平復
失去一顆果子並不是
失去一雙握過的手
被淹沒的正要開始氾濫
回來，在每個口乾舌燥的夜
終於有人說了一個新詞
他們在那個詞下安睡
若是醒來時世界可再被描述
就不怕短暫死去

今天

他老了，不寫詩
但變得正直
有些難堪的體味，用油脂
黏去生活的塵埃
最喜歡的時刻與貓一致
最喜歡的思想在老之前
都已放棄
霉堆積於一處，他覺得
的確有些事，連陽光都無能為力

哀傷一陣舊，就顯得陳腐
夜鷹太響，溢出鐵皮屋頂
還能重建什麼
磨石子地板跟童年一樣亮
錯誤的平方上美麗的細節
他得睡了，算算今天
十分鐘裡有一秒是快樂的

12月31日

雪尚未下
人們容易驚慌
為彼此發明魔鬼
為魔鬼的靜脈注入血液，藍色
他聲音低沉，並抱走啼哭的孩子
「你們必須明白」
「那是最亮的月」「這是必須被驅散的雲」

第一場末日是誰的想像？

誰發現時間，並製造樂器
當樹木成為提琴、鐵成為笛
冬日將不代表冬日以外
任何暗影
熊撿拾所有曾穿透瞳孔而出的景色
帶向安全遠方

被告知那個消息的人
都同時掉落翅膀
他們因突來的重量抱住彼此
像預言尋找夢境
像結晶尋找結晶
「你們必須明白」「無須恐懼下墜」
「應當恐懼永生。」

賦別曲

我在編織一個小小的死亡
在幾年前，幾年後，又或者
不遠處，故事所需那把鑰匙
愕然看著所有被撬開的鎖
我說：不要重述
那些祕密看來如此疲憊
即使換上語言
也走不進詩
讓列隊進來的

列隊離開
我將關上城門
點一盆火　這是我
由我所生　小小的焚城
白日碎裂，煙灰隆隆升起
遮蔽住所有令人窒息
工整的地平線
世界是一幅靜物畫
我冷冷劃下一道裂痕。

甘草

在雪深的夜裡倒下
白色野獸
紅色念頭
腳踝內側一片三角形胎記
微微起伏
獸在作最後的幻想
待一切血液都奉獻
在雪融後的翌晨
成為一株有療效的野草

天公生

這是得意者的節日
正如所有節日
還有什麼比雙倍的光
更黑暗
成排螞蟻爬上供桌
又被一次揮落
今夜有盛宴，盛裝是
參加的條件
那些叫幸福的雲朵團團簇簇

飄落在鄰街
今天我們只說好話
我們會善良，我們會正直
我們會對遠方的火勢
一概不知。

默

我們在正午走進一隻困獸
牠底心斑斑落落
狩獵季已進行個把月
雲在圍捕、雨在圍捕
我們往深處去，才知道風
風已吞沒牠的腹語
而今我們熟悉的獸喑啞陌生
前腳斂縮，躲藏
在一盞灼灼燈中

牠不剩什麼能給，也許不過
北島、朵思、一個思想的冰櫃
一身黕色毛髮
就那樣朝死亡邁進
不改色

九官鳥

牠叫了一聲　許多身影
的陰影　就飛了出來　就拍動
那複製的翅膀　就沿著天空
被擋落下來

那陣翅雨落下時沒有聲音
沒有土地感受到撼動　畢竟
影子存在並不異於影子
消逝

就像牠以九官鳥之姿出現
以九官鳥之姿謝幕

受格

如果不包括你的話
就是三十二人
如果包括你的話
是一個如往常不需被紀念提醒的早晨

「砰！砰！」槍響的聲音傳來
從一個州到另一個州
從那些倖存的失眠的夜裡

他們說你很沉默
你像死亡一樣沉默
三十三個各自喧譁的夢
被裝上了消音器

你來這個國度　你找到武器
它給你上膛，一種新人格
它教給你，一種新語言
主詞是凶手，動詞是結束
而被放在動詞之後的
只能做受格。

小雪

火的咒詛聲音極輕
極綿密，十分公平地落於
尼龍與金屬、葉面與肌膚
在這樣的冬日裡走一下午
感覺溫暖而病氣
迎面壓來的屋頂
都非認真與牆相連
路面又增高許多，我們想埋
但不敢挖深，不敢確認

還有沒有根
成為大人數十年，除了重力
什麼都能懷疑，除了重力
什麼都願買下
拔除鳥羽、丟棄鳥喙
秋天死去後，葬禮持續三季
那麼長時間的火化
讓所有人都吸入衰敗
此刻島嶼失去幻想並坦承自己
從來是一片浮洲
從不想為人所愛

柬埔寨

他們乘坐理想的坦克弭平了城市
紅色的領巾一圍
整個國家　就被束得
骨瘦如柴

他們說知識與歷史
必須用泥土與汗水　淨化
於是整個田野上
都是乾乾淨淨

褪去血肉的骷髏

他們或許是過於篤信
天堂的可能性
所以方紅著眼錘造
一個不像人間的人間

如今他們都睡著了
我們才終於敢輕呼他們的真名：
晚安，惡魔。

大雪

冬日裡，生性軟弱
獨鍾無骨之物
細聲說話的無賴
脫落悲傷的死者
往冷而又冷中心前進
與連綿挫敗安歇於此

我們也曾施放煙火，熱衷
夜裡發生的事

有過幾個春夏，乾淨爽朗
不結雨霧

而今，眼裡養起細小結晶
受回憶寵愛
擁有複數個名字
不能定義、不再壯大
只願結伴渺小
我們的呼吸成煙
我們的下墜優美

失樂園

蘋果的切面裡
有許多待回答的問題
美的比例、二分法
甜度作為概念以及用香氣宣傳
意志的勝利

時代從未被我們拋棄
磨碎童話後，有悲哀如粉塵
堆積於大街

在誰也沒注意到之處
虛無向青年微笑
並開始向童年說謊

理想是位老者
他正在乾淨地老去
在投票決定的座位上深陷
我們所能想像的平整
都將一一被推翻

罪終被稀釋為日常
初衷只是一個時段
在光與影的強暴下

結論作為私生子誕生
他將切開蘋果
那切面令上帝畏懼

大寒

那不是妳該聽的歌聲
夢見蕨類，一個日常畫面
一台卡車滿載記憶
失去聯繫
越過乾枯葉面景深處，有長巷
沒入低溫
腳印未儲存，也許是風
暗自決定消失的順序

第五千零五號、第四千零五號

阿拉伯文由右自左書寫

鬚根緩慢下探，光不作用
脊椎動物捲曲身型
被遺忘的恐懼，一節
一節，爬進眼眶
高密度的黑暗裡，春天
自肉與骨最後的擁抱中擠出
腐化秩序井然
音節正在重複，畫面向左
開動

不要慌
我們正追向卡車

The Republic

我站在廢墟的新址上
撐起一把你倒懸已久的傘
不安定的氣流模糊著出入口，聞起來
像海，在記憶裡邊與外邊
我們摸索彼此的出身
海岸線與沙丘，風蝕與陷落
離開的時間是一個危樓的空間
逃跑路線交錯，行李翻覆
站定後才發現滿手錯拿

於是乎海市蜃樓般的糾葛
令成長停滯
彎曲的光線裡，有人影凹折下去
親吻懸空的地基

一個預言者起身，撐開
一片未來鋼構
為了讓時間成為華樓
我們努力學習砌牆知識
行李成為家具
神壇與飯桌固定出方位
在生活的象限裡
悲傷終於也老去

一種鹹味埋進土地，一種
大口吃下
忘記氣候，記得天氣
適合晾衣的日子裡，將傘收起

尼龍布天空尋金屬氣味攀升
陳年的雨水倒落下來
我們是否曾從一座山脈出發
於入海處迷途於一片濕原
遠方的蔗田是風景或是
逃跑的終點？
安穩的搖椅和飄浮的落地窗
在新雨撞擊聲下，我進入

漫長的閱讀
一些身影冒雨跑過，書頁燃起
所有曾被燒毀的終將舒捲開來
唯一的真理是我們終將一起過冬

臘月二十九

我要回到夕陽
那裡沒有溫暖，沒有希望
光已經那麼遠，遺下
鐵皮與蔗田
我再度成為平原，胸膛開展
歪曲的肉
陳久的縫線
試過幾種氣候，肥沃
如冬日裡童謠咬住風

甜美鼓脹，旅者凌空
一切都靠近
一切都冷去
我落在斜射的光裡回答
從未被提出的問題
不是溫暖，不是希望
永遠的孩子
在這裡被收下

輯四、徘徊之春

驚蟄

一只酒杯在入夏前抽長
拔高的意識帶著醉意
攜雨遊蕩，近近靠往河的邊緣
在某一個顛簸的時刻，我或者會
正視你漆黑的雙眼，如我一般
漆黑的雙眼
第四百二十八巷徐徐靠近
夜的企圖

將所有睡眠推落深谷
知曉一切的尖叫
刷新著日與夜
我匍匐的聽力中鼓盪
歷史的長音，將你的雙手
拿開，自我的雙耳
拿開

因為雨勢邁入盛夏，因為
整片海洋的渴傾倒
記憶下陷的城
那些被想起來的事情
在耳後發燙，海浪貼往背脊

原來這是一切的清醒
我在一條直線上行走
我在一座島上出生

古物

我希望我是碎的
木頭翅膀連著身軀，睜著眼
自底座崩落
或是白瓷終究臣服於
所有隱約的裂紋
清脆的聲響裡，一點點
肉色的鼓動

無風的軀骸上方

大片的靈魂盤旋，小片的
攀爬學飛
我所記得最深刻的
碎成最細最細，碎成
春雨後的香氣
我最想要的，在無止境的下墜裡
失去了形狀

我希望我是碎的，我是
被蒐集的，一片一片
在另一段歲月
帶著傷疤甦醒

蕉鹿

黃昏已是
五道營胡同，緩緩掩上的門
我回頭了，卻不及看見
須臾的臉
星體在遠方微弱並淺笑，看
一隻貓躍過，乍然
墨跡傾倒整片城樓
而月光緩緩拾級，卻已

尋不到那持筆之人
一幅潑墨融入夜色，千年
也可是一種錯過的單位
石板路漠然，跫音啜泣
已是，戌時

已是，去了太多地方的時辰
都已經倦了那麼就
誰也不前往誰
早春浮冰上的婆娑，明朝
終究是要融的

煤

當我們都長成光明之人
就一起回訪最陰暗那幾年
石楠花季蜷縮後數月
紫色花瓣小手臂、綠苔髮絲
光線游移折服於海風
美麗碎屑遍地散落，鹹味
褪自無語的後頸，褪至海
沒有帶走的就沉積
胸腔開闔，金雀花微微地燙

獸蹄交疊不再起身，羊的眼神
光陰橫放於荒野
置之不理的死亡逐層深入
沼澤的記憶
在一個靜止之處結束形狀
在闃黑裡微笑
香氣將是焚燒永恆後唯一留存
忘卻的證據

2047

是以什麼為分水嶺？
我試圖想像，一座早春的山
有些微雨的動機
蕨類在一旁安靜地，在你腳邊
安靜地，看著如宿命一般
持續耗損的海

我試圖想像那片早春的海
耗損，如熱戀時的香氣

揮發，玫瑰完整了一身的刺
一隻青鳥在籠裡
黯淡了一個小鎮，我們靜止
並已老去百年，冷雨落下
下成一個謎
紫斑蝶成群，為了不可知的什麼
渡海、消逝
我試圖，試圖想像你
如想像一所百年前的神社
甫鋸下的簇新檜木
單純熱切的信仰，你舉步
趁鼓聲依稀，試圖尋覓
記憶中虔誠的小鎮，趁雨

尚未濕透地圖，而我的腳印
尚可辨識

是以什麼為分水嶺？我一直
知道，斷橋、沼澤、寧靜海
所有的節氣歸結於
月的掌紋，所有的山是
遠古死滅的沉澱
我們終究迷途於
不同國度，而那不可知的什麼
依舊催促著一場又一場
微小且浩大的死亡

我們坐在地下鐵車廂內

我們坐在地下鐵車廂內
因為看不見外界於是只好
面對面
看清你臉上每一顆青春痘
調查誰鞋跟上黏到了狗屎
用視線對付著視線
在沉默中搜索越界
我們一同穿梭在無止盡的黑暗中

因為見不到下一站的風景
於是只好挑剔著
她過濃的妝他邋遢的鞋
自己缺乏自信的臉
在沉重地底所包圍的明亮中
我們茫然的面孔互相投射
當廣播響起：
「這輛列車前進的路線不明」

春分

回暖的日子裡，他倆綿綿走著
走在平整柏油路兩端
都幾十年了你看看，春天
多像你沒變成的那隻貓
少了尾巴後，還剩什麼
可愛？
待會到家請勿再反對我
開啟面南那扇窗
我不介意濕度，我介意

因你而起的任何關閉
我們的兒子還在三天外
剛熄火的車裡嘆氣
他將用一個週末的時間
換好所有燈管
我們的女兒在房裡，像我們
在各自的房裡
明天或許又會更暖些
我不會介意你穿上那件紅外套
去更暖的地方

清明

現在我可以理解你沉睡的理由
乾牧草的香氣非常安靜
如你儲存的一百種語言
玫瑰聲響、核桃色澤
風裡搖曳的蒼蒲
（你堅持它們文法各有不同）
常常在午後，彼此凝望
世界便蓬鬆起來
麥田上下起伏，麵團鼓脹

時間正繞行
每個你存在過的節點都閃閃發亮

穀雨

已經許多年，稻麥生長
卻不過問
雨的源由

在土壤和天空之間
有水泥的路線、有光的折斷
我想看見母親
我只看見搖籃
在含氯的透明中漂浮、划水

相信這方正的溫水池是子宮
相信一種消毒後的出生

直到從一個自由式的
轉身動作中，發現陸地
正顛倒，癱躺的屍骸
煞有其事，從棺木裡
給死去的種子施肥

我想淋一場真正的雨，母親
已經五十多年了，我還是
嬰孩的身型
看不清，聽不清，剛學會哭

才發現被奪走了母親
三月的暴雨漫過偽裝的田
漫向我，我的身世，漫向我

週年慶

進行曲響了　她們就開始行軍
一張豔紅的唇膏往前與
一副銀白耳環
對峙而過　一雙跟鞋尾隨
前一雙跟鞋　扣地
的餘音
一手精美的指甲進攻
一陣迷魂的香氣笑臉盈盈
防禦

一段鳴金樂響起
所有的戰士皆表示她們
不想休兵

黑／白

世界已經長成了
日與夜的長度已固定當
爭吵的頻率已固定
第一排中間的男孩會總是笑著當
他的父親笑著在放學時出現
靠窗的女孩會總是皺著眉當
她的母親在廚房切著菜，並感到絕望。
不著痕跡地，世界已經長成在
不同的晚餐桌上

男孩與女孩會愛上不同的音樂
傾向風景畫或一張
哭泣眼睛的素描，恐懼
過長的夜或過短的夏天
男孩或許會喜歡玫瑰
的種植，而女孩到死都是
玫瑰的刺

世界已經長成並結束當
他們切割一切，包括
電費水費學費，包括
一個孩子的內心世界。

潮音

當時我們沒有去海邊
有什麼信來不及寫，誰的手
來不及牽
許多恍惚的雨季就這麼重複
過去
許多詩發了霉許多夜裡
海浪流淌成髮絲

因為你過於寧靜於是我聽見
月的盈虧
委婉而不可逆如沙洲逐漸隱沒的回音
那個潛行的世界很美然而我偶爾也想
聽聽
你的呼吸

關於這個季節如何離去

如果有人問這個季節如何離去
你說，那是一種洗滌與
晾曬的過程
夜在露台外騷動
滴滴、答答
誰敲起期望的鼓點
引藍天而來
撐起夜夢的屋頂
靜靜地，有光在逼近

當濕重的紛紛甦醒
甦醒的紛紛起舞
白日延展而開
你說，讓我們晾起
那些歸來的樂章
讓我們演奏
關於呼吸的記憶

關於這個季節如何離去
你說，當乾爽的藍裙變成一片海
收起的床單抖落一院杜鵑
貓咪酣睡，光中載浮載沉

誰笑著，踏花前來
我瞇起眼

小鎮

當白晝甦醒，如初唐
徐徐展開的一片田園。他們就
起身，輕繞過貓，抱起
啼哭正如日出的嬰孩
一抹微笑在手臂彎起，一弧綠葉
吻過窗戶綠著

當車流如水，阡邁往陌邁往
道邁往山麓上的百果園

日光於樹梢築巢，而影子遠遠地
遠遠地是相依的步履與肩
一團和煦的微暗，暖暖
前行、轉過，矮牆與鳥鳴
蒲公英飛起，金色的
金色的太陽，奔行河水之上

酣睡一日後，巷尾
醒轉的小土狗，迷迷濛濛
甩動著一晚霞的夢，雲色
如眷戀般深了，他們
從各自的果園歸來，各自
拎著預留的星星，如初唐時

多語的星星，沿途
灑落

墨綠色的田，他說：我來
幫妳撩起疲累的裙襬，妳聽
聽那束太陽在妳懷中哼的
小曲。我想到一種笑聲，她說
當日出時刻，我們輕繞過貓

情事

一、立夏

我推開窗戶，在二更
時分，滿月把風照得透亮
乍似遠離的光正在
返回，玻璃酒瓶叮噹作響
我知道那些夜色中隱晦的新綠都是
警告，別脫口而出
詩詞、夢想、所有肉嫩的
弱點，你會來

上一個季節會結束

二、**芒種**

那麼來破碎我
凝視我當我凝視山在
進逼，逼我成河
決定我，決定流向
說一種開花植物，讓我聽
一些神播種，另一些神收割
雨進入土地，你進入我
山遠離
山遠離
我伸出手

抓住一串金黃聲響，一條蛇順勢
潛入河床深處
這創世的畫面幾近滿溢
一些神酸乏，另一些神飽饜
種子在充滿香氣的幽深中爆裂
我已完成

三、秋分

一盞天燈點著了，飄入黑暗
自近而遠，語言熄滅
星星無所回應，晝與夜
等長，那斷面許是由
白晃晃的一把利刃

將世界的完整切開
你是你，我是我了
那邊有神的面具，這邊有獸

四、立冬

我們來把河搬近一些
山已經說不出話來了，而且嚴肅
嚴肅地冷
夕陽畫好就掛朝南那面牆上
雲可以拉開，這季節
沒什麼刺眼的了
陪入海口坐一會，剝一顆橙

渡輪停了很久，但我們
就在這房裡安頓下來
體溫與果香，春之邊緣
我愛你是因為我愛永恆

偏安

我的國家住在五月
像住在一個流產的春天裡
熱氣一收縮，就有隱喻滑出
那株最盛大的樹叫苦楝
那些樹下的人正苦思新名
如何以短暫的花期，說服季風
承認鑾力所催生的
都是暴雨

讓我們在雨中成立新的部門
清點落花、鳥屍與殘根
鴿子避於牌樓，泥水沖向官府
還有什麼比死透的夏天
更漂亮
曾經破土並向雲接近，羽化
然後唱完一首倔強的歌
為了送給世界一個孤兒

如何從不存在到更不存在？
坦克進城總是要帶走孩子
母親們每年總是
更稀薄一些

每個痛苦都是原創的，但最終
都被掃成同一堆落葉
求救的聲響其實總是很輕巧
像一場大雪落於冬天之外

【後記】

匍匐於每個未戰的節氣中，大聲報數

總是寫得很慢，也許一個月一首。

常常打開新的 WORD 檔，看著慘白的頁面，一個下午過去，一個字都沒有。

於是出門遛達、買飯，就是這種時候我遇見那隻摩托車坐墊上的貓，牠邊舔著身體，邊告訴我，創作者對世界抱持的希望是一件多麼絕望的事。

還在念書的時候，我曾經有過一段失語的日子，這不是譬喻，我當時的確喪失了正常閱讀與書寫的能力，對一個念文學的人，那應該就是絕境。像是路上忽然出現一個巨洞，我掉了進去，但沒人聽到叫喊，甚至連摔落的聲音都沒有。

已經過了許多年，偶爾還是會幽幽想起那段時間，像是想起一部自己主演的恐怖電影，可惜我重複倒帶，依舊找不到鬼的蹤影，只有無聲的尖叫持續。

我想恐懼是所有負能量的原形，它本身是中立、無形的，但只要我們懷抱著它夠久，就能孕育出一道有形的鋒刃，像是從史蒂芬金的迷霧裡衝出的異獸，牠們嗜霧為生，霧散了，妖魔也隨之消失。

我一直在對抗心中那團迷霧，我不斷寫詩逼牠現形，如果牠能像《海邊的卡夫卡》，最後，以一團蛇般的白色條狀物自某種通道中爬出，也許我就能喚貓咪撲上去，將牠撕咬成一堆無用可笑的紙屑。

啊但如此我又是多麼恐懼失去貓、失去文字。於是那堆紙屑又窸窸窣窣將自己拼回一條沒有五官的異物質，然後溜回老巢。

如此文學是多麼無用，詩尤其。像是在進行一種薛西弗斯風格式運動，完成一首詩後的隔天，石頭還是照樣滾了回來。但是嘿，看看我在山上留下的痕跡，看看那被巨石重複磕碰的一角，那個凹是文字與恐懼的小戰場，它見證過一場場孤獨又華麗的戰鬥。

雖然寫得很慢，但還是寫了很久，一開始你會以為，詩有科學分類，這是情詩、那是社會詩；這私我、那批判。後來才慢慢發現，寫詩的個人不可能化外於她所處的時空，她是在世紀末至今的台灣談戀愛、工作、生活，她所曾有的感受，一定也隱隱摘取自那瀰漫於小島街頭無形的大霧。

我們總是很在乎台灣被國際看到，但曾有一個外國朋友對我說：「每次台灣出現在國際媒體上，一定是有問題。」Problem，像南北韓、中東那樣的 Problem。原來如此，原來我一直安逸生活著的家鄉，是個外人眼中的未來戰場預定地。而這種不安的狀態，我們每個人都很清楚。

於是我想喊出來，匍匐於每個未戰的節氣中，大聲報數，只要有傳到任何一個人的耳中，我想這一切就不是徒勞。

謝謝你聽見。

九　歌　文　庫　　1　2　9　9

我會學著讓恐懼報數

國家圖書館出版品預行編目 (CIP) 資料

我會學著讓恐懼報數 / 王姿雯 著 . -- 初版 . -- 臺北市 : 九歌 , 2018.12
面 ;　公分 . -- (九歌文庫 ; 1299)
ISBN　978-986-450-223-3 (平裝)
851.486　　107019367

作　　者——王姿雯
責任編輯——張晶惠
創 辦 人——蔡文甫
發 行 人——蔡澤玉
出　　版——九歌出版社有限公司
台北市 105 八德路 3 段 12 巷 57 弄 40 號
電話／02-25776564・傳真／02-25789205
郵政劃撥／0112295-1

九歌文學網　www.chiuko.com.tw

印　　刷——晨捷印製股份有限公司
法律顧問——龍躍天律師 ・ 蕭雄淋律師 ・ 董安丹律師
初　　版——2018 年 12 月
定　　價——260 元
書　　號——F1299
I S B N——978-986-450-223-3

本書榮獲 NCAF 國家文化藝術基金會 National Culture and Arts Foundation 創作補助